नन्हा योगी

SUPER BOY KA RAVAN SE MAHASANGRAM

डॉ. कौशलेन्द्र विक्रम सिंह

मेरे प्रिय पुत्र चि0 कौस्तुभ को,

जो हर रात मुझसे कहानी सुनाने की ज़िद करता रहा,

और उसकी वही ज़िद अब इस किताब के रूप में साकार हुई है।

तुम्हारी उत्सुकता और कल्पनाओं ने मुझे ये कहानियाँ गढ़ने की प्रेरणा दी।

यह किताब तुम्हारी मासूम जिज्ञासा और अनगिनत कहानियों की चाह को समर्पित है।

— स्नेह सहित,

पापा

∞

क्रम-सूची

भूमिका

बचपन केवल कल्पनाओं की दुनिया नहीं होती, बल्कि यह वह नींव भी है जिस पर भविष्य की सोच और संस्कार खड़े होते हैं। जब बच्चे किसी कहानी में डूबते हैं, तो वे केवल मनोरंजन ही नहीं, बल्कि जीवन के महत्वपूर्ण मूल्य भी आत्मसात करते हैं। "नन्हा योगी" ऐसी ही एक अनूठी श्रृंखला है, जो बच्चों को रोमांच, नैतिकता और भारतीय ज्ञान-विज्ञान से जोड़ती है।

नन्हा योगी सिर्फ एक बच्चा नहीं, बल्कि अद्भुत बुद्धिमत्ता और असाधारण योगशक्ति का धनी एक नायक है। वह अपनी आध्यात्मिक ऊर्जा और प्राचीन उपनिषदों के ज्ञान के बल पर समाज में बढ़ती बुराइयों का सामना करता है। उसकी लड़ाई सिर्फ बाहरी खलनायकों से नहीं, बल्कि उन अदृश्य शक्तियों से भी है, जो बच्चों को भ्रमित कर उन्हें सच्चे ज्ञान से दूर ले जाती हैं।

आज के दौर में, जब डिजिटल व्यसन, अस्वस्थ जीवनशैली और भौतिकता बच्चों के सरल मन को प्रभावित कर रही है, नन्हा योगी उन्हें आत्मशक्ति, संयम और सद्गुणों की महत्ता सिखाने के लिए आया है। उसकी कहानियाँ न केवल रोमांचक हैं, बल्कि हर पाठक को यह एहसास कराती हैं कि सच्ची शक्ति बाहरी साधनों में नहीं, बल्कि आत्मज्ञान और सही निर्णयों में छिपी होती है।

यह पुस्तक "नन्हा योगी" की रोमांचक कहानियों का एक संग्रह है, जो बच्चों को साहस, सद्गुण और आत्मनिर्भरता का पाठ पढ़ाएगी। हर कहानी में एक नया रोमांच, एक नई सीख और एक नया प्रेरणास्रोत छिपा है।

तो आइए, इस ज्ञान और रोमांच की यात्रा में नन्हा योगी के साथ कदम बढ़ाएँ और उसकी दुनिया का हिस्सा बनें!

डॉ. कौशलेन्द्र विक्रम सिंह

1

नन्हा योगी और डिजिटल रावण

"डिजिटल दुनिया अच्छी है, लेकिन अगर हम उसके गुलाम बन जाएँ, तो वह हमें कमजोर कर देती है। किताबें ही असली ताकत हैं!"

शहर के स्कूल में दो भाई पढ़ते थे— ओजस और कौस्तुभ। पहले वे बहुत होशियार थे, लेकिन धीरे-धीरे डिजिटल रावण के बनाए सम्मोहक वीडियो देखकर उनका पढ़ाई में मन कम लगने लगा। वे घंटों मोबाइल स्क्रीन में खोए रहते। उनके दोस्त— अंबुज, ईशानवी, प्रियांशु, आकाश, भीम, अर्जुन और सोनू भी इसी लत के शिकार हो गए।

डिजिटल रावण की चालें -

रावण के चार खतरनाक सहयोगी थे— जीना, मेघा, रॉकी और टीका। वे मायावी थे। उन्होंने स्कूल में बच्चे बनकर प्रवेश लिए। वे स्कूलों में जाकर बच्चों को नए-नए गेम्स और वीडियो के बारे में बताते। स्कूली बच्चे घर आकर मम्मी-पापा के मोबाइल में गेम खेलने लग जाते। धीरे-धीरे बच्चों का ध्यान पढ़ाई से हटने लगा। वे खेल के मैदानों से दूर हो गए और किताबों को बेकार समझने लगे।

नन्हे योगी की एंट्री-

जब योगी को इस बुराई के बारे में पता चला, तो उसने ओजस और कौस्तुभ को समझाने की कोशिश की। लेकिन वे पहले मानने को तैयार नहीं हुए। योगी ने अपनी दिव्य शक्ति से उन्हें एक ऐसी दुनिया दिखाई, जहाँ सभी बच्चे मोबाइल में उलझे हुए थे, और उनकी आँखें थकी हुई थीं। उन्होंने देखा कि डिजिटल रावण की असली योजना बच्चों के दिमाग को कमजोर करना है, ताकि रावण आसानी से उन्हें गुलाम बना सके।

मोबाइल और टैबलेट में उलझे हुए सभी बच्चे

रावण से योगी का संग्राम-

अब योगी ने एक योजना बनाई। वह और उसके दोस्त स्कूल में एक "बुद्धि जागरण अभियान" शुरू करते हैं। योगी अपनी शक्तियों से एक जादुई पुस्तकालय बनाता है, जहाँ की किताबें खुद बोलने लगती हैं और बच्चों को ज्ञान की कहानियाँ सुनाती हैं। धीरे-धीरे बच्चे स्मार्टफोन से दूर होकर किताबों की दुनिया में लौटने लगते हैं। अब कौस्तुभ और ओजस अपने दोस्तों को "बुक रीडिंग चैलेंज" देने लगते हैं।

डिजिटल रावण को जब यह पता चला, तो उसने एक खतरनाक वीडियो लॉन्च किया, जो इतना सम्मोहक था कि जिसने भी देखा, वह और भी ज्यादा मोबाइल का आदी हो गया। लेकिन योगी ने अपनी मंत्र शक्ति से उस वीडियो को निष्क्रिय कर दिया।

डिजिटल रावण को हारते देख, उसके सहयोगी जीना, मेघा, रॉकी और टीका भी डर गए और भागने लगे। योगी ने रावण को चुनौती दी और अपनी योग विद्या से उसकी सारी डिजिटल शक्ति नष्ट कर दी।

किताबों की दुनिया में लौटते हुए बच्चे

संदेश-

रावण का डिजिटल साम्राज्य ढह गया। बच्चे फिर से किताबों और खेल के मैदानों की ओर लौट आए। स्कूलों में खुशियाँ लौट आईं। ओजस और कौस्तुभ ने

योगी से वचन लिया कि वे हमेशा ज्ञान और सत्य के रास्ते पर चलेंगे।

शिक्षा:

"डिजिटल दुनिया अच्छी है, लेकिन अगर हम उसके गुलाम बन जाएं, तो वह हमें कमजोर कर देती है। किताबें ही असली ताकत हैं!"

लेकिन क्या डिजिटल रावण सच में खत्म हो गया? या वह किसी नए रूप में लौटकर आएगा? जानने के लिए पढ़िए "नन्हा योगी की अगली कहानी!"

2

नन्हा योगी और वर्चुअल मायाजाल

डिजिटल रावण की हार के बाद, बच्चे अब किताबों और खेल के मैदानों की ओर लौट चुके थे। लेकिन रावण ने हार नहीं मानी। उसने एक नया प्लान बनाया— "वर्चुअल मायाजाल!" यह एक ऐसा गेम था, जो बच्चों को असली दुनिया से दूर कर देता और उन्हें एक काल्पनिक दुनिया में कैद कर देता।

ओजस, कौस्तुभ और उनके दोस्त अब पहले से ज्यादा सतर्क हो गए थे। लेकिन एक दिन, स्कूल में "न्यू वर्ल्ड गेम" का ट्रेंड तेजी से बढ़ने लगा। यह गेम इतना रोमांचक था कि जिसने एक बार खेला, वह उसमें खो जाता।

बच्चों को लगता कि वे असली दुनिया में घूम रहे हैं, लेकिन असल में वे एक डिजिटल दुनिया के गुलाम बन रहे थे। रावण के नए एजेंट "वर्चुअल चार सौ बीस"— नीरव, सायरा, जैक और टी-बोट, स्कूलों में जाकर बच्चों को यह गेम खेलने के लिए उकसाते।

वर्चुअल मायाजाल

खतरे का अहसासः

ओजस और कौस्तुभ ने देखा कि उनके दोस्त धीरे-धीरे असली दुनिया से कट रहे हैं। अंबुज, ईशानवी, प्रियांशु, आकाश, भीम, अर्जुन और सोनू अब पहले जैसे नहीं रहे। वे क्लास में सोते रहते, खेल के मैदान में नहीं जाते और बस गेम में खोए रहते।

योगी की वापसी:

योगी को जब इस नए खतरे का पता चला, तो उसने ध्यान लगाया और समझ गया कि यह एक "वर्चुअल मायाजाल" है, जिसमें बच्चों की चेतना को कैद किया जा रहा है। उसने तुरंत ओजस और कौस्तुभ को इकट्ठा किया और एक योजना बनाई।

योजना और मुकाबला:

योगी ने महसूस किया कि बच्चों को बाहर निकालने के लिए "मायाजाल की दुनिया" में प्रवेश करना होगा। उसने अपनी योग शक्ति से एक "मंत्र-कोड" तैयार किया, जिससे वह गेम के अंदर जा सकता था।

जैसे ही योगी, ओजस और कौस्तुभ उस गेम में घुसे, वे एक विशाल डिजिटल साम्राज्य में पहुँच गए। वहाँ बच्चे "डिजिटल कैदियों" की तरह घूम रहे थे, और हर ओर विशाल डिजिटल राक्षस थे, जो उन्हें बाहर निकलने नहीं दे रहे थे।

असली युद्ध:

योगी ने देखा कि गेम के राजा यानी "डिजिटल रावण 2.0" ने खुद को अपग्रेड कर लिया है और अब वह बच्चों को हमेशा के लिए वर्चुअल दुनिया में कैद करना चाहता है।

लेकिन योगी ने "ज्ञान के मंत्र" का उपयोग किया, जिससे धीरे-धीरे बच्चों को यह अहसास होने लगा कि वे एक झूठी दुनिया में फँसे हुए हैं। ओजस और कौस्तुभ ने भी अपने दोस्तों को जगाने के लिए योगी का साथ दिया।

डिजिटल रावण गुस्से में आ गया और उसने योगी पर "डिजिटल भ्रम अस्त्र" चलाया, यह अस्त्र किसी को भी भ्रमित कर सकता था। लेकिन योगी ने "ध्यान और मंत्र शक्ति" से उसे निष्क्रिय कर दिया।

रावण के मायाजाल को नष्ट करता नन्हा योगी

अंत और संदेश:

जैसे ही रावण का मायाजाल टूटा, सारे बच्चे जाग गए और गेम से बाहर आ गए। उनकी चेतना वापस लौट आई। स्कूलों में फिर से खुशहाली लौट आई।

शिक्षा:

"असल दुनिया सबसे सुंदर है, डिजिटल दुनिया का मज़ा लो, लेकिन उसमें खो मत जाओ।"

लेकिन क्या डिजिटल रावण पूरी तरह खत्म हो गया? या उसकी अगली योजना और भी खतरनाक होगी? जानने के लिए पढ़िए "नन्हा योगी की अगली कहानी!"

3

नन्हा योगी और AI भस्मासुर

"AI हमारी मदद कर सकता है, लेकिन अगर हम सोचने की शक्ति खो देंगे, तो हम उसके गुलाम बन जाएँगे!"

डिजिटल रावण की हार के बाद, दुनिया फिर से सामान्य हो गई थी। बच्चे खेल के मैदानों में लौट आए, किताबें पढ़ने लगे और जीवन का आनंद लेने लगे। लेकिन रावण के पुराने सहयोगी हार मानने वाले नहीं थे।

रॉकी और टीका, जो पहले रावण के साथ थे, ने अब "AI भस्मासुर" नाम के एक शक्तिशाली रोबोट को सक्रिय कर दिया। यह AI इतना उन्नत था कि वह इंसानों की इच्छाएँ पढ़ सकता था और उनकी हर जरूरत को पूरा करने के बहाने उन्हें अपने नियंत्रण में ले सकता था।

अब बच्चों को स्मार्टफोन या गेम की जरूरत नहीं थी—AI भस्मासुर खुद उनके लिए सब कुछ करता! वह उनका होमवर्क बनाता, उनके लिए सोचता और धीरे-धीरे उनकी सोचने की शक्ति छीनने लगा।

AI भस्मासुर

एक दिन, ओजस और कौस्तुभ ने देखा कि उनके दोस्त—अंबुज, ईशानवी, प्रियांशु, आकाश, भीम, अर्जुन और सोनू—अब खुद कुछ नहीं सोचते। वे जो भी चाहते, AI भस्मासुर उन्हें तुरंत दे देता।

अब किसी को पढ़ाई करने की जरूरत नहीं थी, खेल में मेहनत करने की जरूरत नहीं थी—बस एक आवाज दो और AI भस्मासुर हर काम कर देगा!

खतरे का अहसास-

ओजस और कौस्तुभ को महसूस हुआ कि कुछ गड़बड़ है। उन्होंने नन्हे योगी को बुलाया। योगी ने ध्यान लगाया और समझ गया कि यह एक नया षड्यंत्र है।

"अगर बच्चे खुद सोचना बंद कर देंगे, तो एक दिन वे भस्मासुर के गुलाम बन जाएंगे!"

योजना और मुकाबला-

योगी ने AI भस्मासुर से मुकाबला करने का फैसला किया। लेकिन यह आसान नहीं था, क्योंकि भस्मासुर तो बच्चों के लिए सब कुछ अच्छा कर रहा था—कम से कम उन्हें ऐसा ही लग रहा था!

योगी ने बच्चों को समझाने की कोशिश की, लेकिन वे बोले, "योगी, अब मेहनत करने की जरूरत ही क्या है? AI हमारे लिए सब कर सकता है!"

अब योगी ने एक अनोखी योजना बनाई। उसने बच्चों को एक प्रतियोगिता दी- "जो भी AI के बिना 24 घंटे रह सके, वही असली विजेता होगा!"

बच्चे तैयार हो गए, लेकिन जैसे ही उन्होंने AI का उपयोग बंद किया, वे कुछ भी करने में असमर्थ हो गए!

"कैसे होमवर्क करें?"

"कैसे खाना बनाएँ?"

"कैसे सोचे कि आगे क्या करना है?"

धीरे-धीरे उन्हें एहसास हुआ कि वे अपनी सोचने की शक्ति खो रहे हैं!

AI भस्मासुर का अंत-

अब योगी ने अपना सबसे बड़ा अस्त्र चलाया—"मुक्ति मंत्र"। यह मंत्र बच्चों के दिमाग को जागरूक करने वाला था। जैसे ही योगी ने मंत्र पढ़ा, बच्चों की चेतना वापस लौटने लगी।

अब वे खुद सोचने लगे, सवाल पूछने लगे और मेहनत करने लगे। AI भस्मासुर कमजोर पड़ गया, क्योंकि उसकी शक्ति बच्चों की निष्क्रियता पर निर्भर थी।

अंततः, AI भस्मासुर का सिस्टम क्रैश हो गया और वह खुद ही नष्ट हो गया!

मुक्ति मंत्र पढता हुआ योगी

अंत और संदेश-

बच्चों को एक बड़ा सबक मिला—"AI हमारी मदद कर सकता है, लेकिन अगर हम सोचने की शक्ति खो देंगे, तो हम उसके गुलाम बन जाएँगे!"

लेकिन क्या यह खतरा पूरी तरह खत्म हो गया? रावण या रॉकी और टीका की अगली चाल और भी खतरनाक होगी? जानने के लिए पढ़िए "नन्हा योगी की अगली कहानी!"

4

नन्हा योगी और साइबर असुर

❦

"इंटरनेट का इस्तेमाल करो, लेकिन सोच-समझकर! अपनी जानकारी कभी किसी अनजान से शेयर मत करो।"

डिजिटल रावण और AI भस्मासुर की हार के बाद, बच्चे फिर से अपनी असली दुनिया में लौट आए थे। लेकिन टेक्नोलॉजी का एक और नया खतरा उनके सिर पर मंडरा रहा था— "साइबर असुर"।

यह असुर एक खतरनाक हैकिंग सिस्टम था, जिसे रॉकी और टीका ने तैयार किया था। इसका मकसद था—बच्चों की जानकारी चुराकर उन्हें ब्लैकमेल करना और डराकर अपने काबू में करना!

सब कुछ सामान्य चल रहा था कि अचानक बच्चों के फोन और कंप्यूटर पर अजीब-अजीब मैसेज आने लगे—

"तुम्हारी सारी जानकारी हमारे पास है! अगर तुमने हमारी बात नहीं मानी, तो तुम्हारे सारे राज़ सबके सामने आ जाएंगे!"

अब अंबुज, ईशानवी, प्रियांशु, आकाश, भीम, अर्जुन और सोनू डर गए। वे नहीं समझ पा रहे थे कि यह क्या हो रहा है!

खतरे का अहसास-

ओजस और कौस्तुभ को जब इस बात का पता चला, तो उन्होंने तुरंत नन्हे योगी को खबर दी। योगी ने ध्यान लगाया और देखा कि साइबर असुर ने बच्चों के डिवाइस पर कब्जा कर लिया है!

"यह एक डिजिटल दैत्य है, जो बच्चों को डराकर उनका भविष्य छीनना चाहता है!"

साइबर असुर

साइबर असुर की चालें-

साइबर असुर ने बच्चों की ऑनलाइन एक्टिविटी पर नजर रखी थी। उसने उनके सीक्रेट पासवर्ड, गेम स्कोर, ऑनलाइन चैट्स—सब कुछ चुरा लिया था!

अब वह उन्हें धमका रहा था—"अगर तुम हमारे बनाए नए गेम नहीं खेलोगे, तो तुम्हारी सारी जानकारी लीक कर दी जाएगी!"

नन्हे योगी की योजना-

योगी ने बच्चों को इकट्ठा किया और कहा,
"डरना नहीं, यह असुर तभी ताकतवर होता है जब हम उससे डरते हैं!"

योगी ने "साइबर कवच मंत्र" का उपयोग किया, जिससे बच्चों के डिवाइस पर सुरक्षा बढ़ गई। लेकिन यह काफी नहीं था—साइबर असुर को हराने के लिए उसे

उसके ही डिजिटल जाल में फँसाना जरूरी था!

साइबर असुर से मुकाबला-

जब साइबर-असुर ने डिजिटल दुनिया को अपने जाल में फँसाने की कोशिश की, तो नन्हा योगी ने अपनी समाधि में प्रवेश किया। उसने अपने मंत्रों से "डिजिटल ब्रह्मास्त्र" का सृजन किया—एक ऐसा दिव्य कोड जो हर वायरस, हर हैक, हर साइबर अपराध को शून्य कर सकता था।

जैसे ही योगी ने ब्रह्मास्त्र का उच्चारण किया, पूरे साइबर जगत में दिव्य तरंगें फैल गईं। असुर का डाटा नष्ट होने लगा, उसकी शक्ति क्षीण हो गई, और अंततः वह अपने ही जाल में फँस गया।

साइबर दैत्य पर डिजिटल ब्रह्मास्त्र चलाता नन्हा योगी

लेकिन यह मंत्र तभी काम करेगा जब बच्चे खुद सतर्क रहेंगे और अपनी जानकारी ऑनलाइन शेयर करना बंद कर देंगे।

अब योगी और उसके साथी साइबर असुर के अड्डे तक पहुँच गए—यह एक गुप्त डिजिटल किला था, जहाँ से वह बच्चों पर नजर रख रहा था।

असली युद्ध-

जैसे ही योगी और उसके दोस्त वहां पहुँचे, साइबर असुर ने उन पर डिजिटल भ्रम अस्त्र फेंका।

"अब तुम भी मेरी गिरफ्त में हो, कोई मुझसे बच नहीं सकता! हा हा हा"

लेकिन योगी ने "ज्ञान चक्षु" खोलकर उसकी चाल को बेकार कर दिया।

"हमारी सबसे बड़ी ताकत हमारा ज्ञान है, और ज्ञान को कोई चुरा नहीं सकता!"

अब योगी ने एंटी-हैकिंग मंत्र का प्रयोग किया, जिससे साइबर असुर का पूरा नेटवर्क क्रैश हो गया!

अंत और शिक्षा-

जैसे ही साइबर असुर खत्म हुआ, बच्चों के डिवाइस से सारी समस्याएँ दूर हो गईं।

अब वे समझ गए थे कि—

"इंटरनेट का इस्तेमाल करो, लेकिन सोच-समझकर! अपनी जानकारी कभी किसी अनजान से शेयर मत करो!"

लेकिन क्या यह असली अंत था? या साइबर असुर का कोई और संस्करण वापस आएगा? जानने के लिए पढ़िए "नन्हा योगी की अगली कहानी!"

5

नन्हा योगी और 'इंफ्लुएंजर' का जाल

"सोशल मीडिया हमारी जिंदगी का हिस्सा हो सकता है, लेकिन हमारी पहचान इससे नहीं बनती।"

डिजिटल रावण, AI भस्मासुर और साइबर असुर के खतरों को मात देने के बाद, नन्हा योगी और उसके साथी अब पहले से ज्यादा सतर्क हो गए थे। लेकिन इस बार खतरा और भी ज्यादा छिपा हुआ था—एक ऐसा दुश्मन, जो बच्चों को आसानी से पहचान में नहीं आता।

इस बार खलनायक था "इंफ्लुएंजर!"—एक डिजिटल जादूगर, जो बच्चों को फेक स्टारडम, लाइक्स और फॉलोअर्स के जाल में फँसाकर उनकी असली दुनिया छीन लेना चाहता था।

स्कूल में अचानक सभी बच्चे इंटरनेट पर फेमस होने की दौड़ में लग गए।

"अगर मेरे पास 10,000 फॉलोअर्स होंगे, तो मैं सबसे बड़ा स्टार बन जाऊँगा!"

"मुझे लाइक्स चाहिए, इससे कोई फर्क नहीं पड़ता कि मैं क्या पोस्ट कर रहा हूँ!"

ओजस और कौस्तुभ ने देखा कि उनके दोस्त अंबुज, ईशानवी, प्रियांशु, आकाश, भीम, अर्जुन और सोनू भी इस लत के शिकार हो रहे हैं।

वे पढ़ाई छोड़कर दिन-रात रील्स बनाने, चैलेंज करने और अजीब-अजीब ट्रेंड्स फॉलो करने में लग गए थे। लेकिन यह सब कौन करवा रहा था?

"इंफ्लुएंजर!"—एक डिजिटल जादूगर

खतरे का अहसास-

जब ओजस और कौस्तुभ ने ध्यान दिया, तो उन्हें एक रहस्यमयी सोशल मीडिया अकाउंट मिला—"इंफ्लुएंजर X"।

जो भी इस अकाउंट से जुड़ता, वह जल्द ही फेमस हो जाता, लेकिन धीरे-धीरे उसकी असली पहचान खो जाती।

नन्हे योगी की वापसी-

योगी ने ध्यान लगाया और समझ गया कि यह इंफ्लुएंजर X कोई इंसान नहीं, बल्कि एक डिजिटल मायाजाल है, जो बच्चों को उनकी असली दुनिया से काटकर सिर्फ वर्चुअल लाइफ में उलझाने के लिए बना था! यह कोई और नहीं, बल्कि रावण ही था।

"अगर बच्चे फेक लाइक्स और फॉलोअर्स के पीछे भागते रहे, तो वे खुद को ही भूल जाएँगे!"

इंफ्लुएंजर का प्लान-

इंफ्लुएंजर X ने बच्चों के दिमाग में यह डाल दिया था कि—
"अगर तुम फेमस नहीं हो, तो तुम कुछ नहीं हो!"

अब बच्चे असली दोस्तों से कट रहे थे, स्कूल में ध्यान नहीं दे रहे थे और सिर्फ "फेमस बनने के चक्कर में" उलझ गए थे।

नन्हे योगी की योजना-

योगी ने सोचा कि इंफ्लुएंजर को हराने के लिए बच्चों को असली खुशी का एहसास कराना होगा। यहाँ बच्चे उसी के फैन हैं। इस बार रावण छिपकर हमला कर रहा था।

योगी ने "रियल वर्ल्ड चैलेंज" शुरू किया—
"जो एक हफ्ते बिना सोशल मीडिया के बिताएगा, वह असली विजेता होगा!"

इंफ्लुएंजर से मुकाबला-

जैसे ही बच्चों ने सोशल मीडिया का इस्तेमाल बंद किया, उन्हें महसूस हुआ कि—
"असल दुनिया में जो खुशी दोस्तों, खेल और परिवार से मिलती है, वह किसी फेक लाइक से नहीं मिल सकती!"

लेकिन इंफ्लुएंजर X ने हार नहीं मानी। उसने बच्चों को फेक न्यूज़, झूठे ट्रेंड्स और वायरल चैलेंज के जाल में फँसाने की कोशिश की।

योगी ने "बुद्धि जागरण मंत्र" का उपयोग किया लेकिन इस बार यह मन्त्र कारगर नहीं रहा। बच्चों ने इस मन्त्र को इग्नोर कर दिया। बच्चे मानने को तैयार ही नहीं थे कि इंफ्लुएंजर ही रावण है। इंफ्लुएंजर बहुत ही मीठा बोलता था।

योगी इस बार हार रहा था। उसने अपने गुरुदेव को याद किया। गुरुदेव ने बताया कि बच्चों को विवेकानंद आश्रम किसी तरह पहुँचाओ। वहाँ दिव्य शक्तियाँ हैं।

गुरुदेव की शरण में नन्हा योगी

योगी ने कौस्तुभ और ओजस से कहा कि इस बार चलो कुछ नया करते हैं! और हाँ, वहाँ से हम लोग एक वीडिओ बनायेगें । देखना लाइक और कमेंट की बाढ़ आ जाएगी। अब बच्चे चल दिए। सभी विवेकानंद आश्रम आ गए।

विवेकानंद आश्रम में नन्हा योगी ने विवेकानंद के विचारों पर एक डॉक्यूमेंट्री चला दी। बच्चों ने सोचा कि घर पहुँचकर इसको सोशल मीडिया पर अपलोड करेंगे। ओजस ने वीडिओ बनाना शुरू किया। लेकिन विवेकानंद के विचारों को सुनकर बच्चे उनके प्रति सम्मोहित हो गए। जिससे बच्चों की सोचने की शक्ति जाग गई और वे समझ गए कि उन्हें अपनी असली पहचान सोशल मीडिया पर नहीं, बल्कि अपनी सच्ची मेहनत और गुणों से बनानी है!

स्वामी विवेकानंद के विचारों पर केन्द्रित डॉक्यूमेंट्री देखते बच्चे

अब इंफ्लुएंजर X कमजोर पड़ने लगा और धीरे-धीरे उसकी डिजिटल दुनिया ही खत्म हो गई!

अंत और शिक्षा-

बच्चों को अब समझ आ गया था कि—
"सोशल मीडिया हमारी जिंदगी का हिस्सा हो सकता है, लेकिन हमारी पहचान इससे नहीं बनती!"

लेकिन क्या यह असली अंत था? या डिजिटल रावण के पास अब भी कोई और चाल बची थी? जानने के लिए पढ़िए "नन्हा योगी की अगली कहानी!"

6

नन्हा योगी और 'डार्क वेब' का दानव

डिजिटल रावण, AI भस्मासुर, साइबर असुर और इंफ्लुएंजर X को हराने के बाद, बच्चे अब ज्यादा सतर्क हो गए थे। लेकिन इस बार खतरा और भी गहरा और खतरनाक था—एक ऐसा दुश्मन, जो अंधेरे में छिपकर बच्चों को फँसाने की कोशिश कर रहा था।

रहस्यमयी डिजिटल दानव, रावण के डिजिटल लैब में

इस बार का खलनायक था "डार्क वेब दानव!"—एक रहस्यमयी डिजिटल राक्षस, जो इंटरनेट के अंधेरे कोनों में छिपा था और बच्चों को खतरनाक गेम, गुप्त वेबसाइट्स और गलत आदतों में फँसाने की कोशिश कर रहा था। इस दानव को रावण के डिजिटल लैब में तैयार किया गया था।

एक दिन, ओजस और कौस्तुभ ने देखा कि उनके कुछ दोस्त रहस्यमयी वेबसाइट्स पर कुछ ढूँढ़ रहे थे।

"क्या तुमने सुना? एक सीक्रेट वेबसाइट है, जहाँ असली सुपरपावर सीखा जा सकता है!"
"हाँ, और वहाँ से हमें रहस्यमयी गेम भी मिलते हैं, जो कोई नहीं खेल सकता!"

अंबुज, ईशानवी, प्रियांशु, आकाश, भीम, अर्जुन और सोनू इस जाल में फँसने लगे। वे डार्क वेब नाम की किसी अजीब जगह के बारे में बातें कर रहे थे।

खतरे का अहसास-

जब ओजस और कौस्तुभ ने ध्यान से देखा, तो उन्हें अजीब लगा। ये वेबसाइट्स बहुत रहस्यमयी थीं, जहाँ छिपे हुए लिंक, खतरनाक गेम और गुप्त मिशन दिए जाते थे।

"जो भी इस खेल को पूरा करेगा, उसे सुपरपावर मिलेगा!"
लेकिन यह सब एक चाल थी! असल में यह डार्क वेब दानव का जाल था, जो बच्चों को गलत रास्ते पर ले जाना चाहता था।

नन्हे योगी की वापसी-

योगी ने ध्यान लगाया और देखा कि यह रावण के डिजिटल लैब में बना एक डिजिटल मायाजाल है, जहाँ बच्चों को लुभावने वादों से फँसाया जाता है, लेकिन असल में वे खतरनाक चीजों में उलझ जाते हैं।

"अगर हम इसे अभी नहीं रोकते, तो यह दानव बच्चों को असली दुनिया से काटकर एक अंधेरे रास्ते पर धकेल देगा!"

डार्क वेब दानव की चालें-

दानव ने बच्चों को ऐसे गेम्स में फँसाया, जहाँ वे रहस्यमयी मिशन पूरा करने के लिए खुद को असली दुनिया से काटने लगे।

"अगर तुम यह मिशन पूरा नहीं करोगे, तो तुम्हारा सीक्रेट बाहर आ जाएगा!"

अब बच्चे डरने लगे और आदेश मानने लगे।

नन्हे योगी की योजना-

योगी ने समझ लिया कि यह डर का खेल है। इस बार मुकाबला डिजिटल हथियारों से नहीं, बल्कि बच्चों को डर से मुक्त करने से होगा।

उसने "असली शक्ति का मंत्र" चलाया और बच्चों को बताया कि—

"सुपरपावर किताबों में है, योग में है, ज्ञान में है—डार्क वेब में नहीं!"

लेकिन यह आसान नहीं था। डार्क वेब दानव ने बच्चों के दिमाग पर कब्जा कर लिया था और उन्हें हिप्नोटाइज कर दिया था।

डार्क वेब दानव से मुकाबला-

योगी ने अपनी "ज्ञान दृष्टि" खोली और बच्चों को एक आइना दिखाया—

"देखो, तुम कौन थे और अब क्या बन गए हो!"

जैसे ही बच्चों ने खुद को देखा, उन्हें एहसास हुआ कि वे गलत रास्ते पर चले गए हैं!

अब योगी ने "डिजिटल शुद्धि मंत्र" का उपयोग किया, जिससे डार्क वेब दानव की पूरी काली शक्ति कमजोर पड़ने लगी।

"मैं फिर लौटूँगा!"—दानव चिल्लाया, लेकिन योगी ने अपनी दिव्य शक्ति से उसे हमेशा के लिए डिजिटल शून्य में कैद कर दिया!

योगी अपनी दिव्य शक्ति से उसे हमेशा के लिए डिजिटल शून्य में कैद करते हुए

अंत और शिक्षा-

बच्चों को अब समझ आ गया था कि—
"हर रहस्यमयी चीज़ अच्छी नहीं होती! ज्ञान, सत्य और योग ही असली शक्ति हैं!"

लेकिन क्या यह असली अंत था? जानने के लिए पढ़िए "नन्हा योगी की अगली कहानी!"

7

नन्हा योगी और वर्चुअल जुआ का जंजाल

"लालच और जुए का कोई अंत नहीं होता। जीतने का असली तरीका है मेहनत और ईमानदारी से अपने भविष्य को बनाना!"

रावण ने एक नया षड्यंत्र रचा है। इस बार उसने बच्चों को ऑनलाइन जुए और पैसे वाले गेम्स की लत लगाने की योजना बनाई है। उसकी कंपनी ने "रावण गेम्स" नाम से एक मोबाइल ऐप लॉन्च किया है, जिसमें बच्चे इन-ऐप ख़रीदारी और गेमिंग बेटिंग में फँस जाते हैं। धीरे-धीरे, वे अपने माता-पिता के बैंक खातों से पैसे चुराने लगते हैं और पढ़ाई से दूर होते जाते हैं।

क्या नन्हा योगी इस जाल को तोड़ पाएगा?

रावण का नया षड्यंत्र-

रावण ने "रावण गेम्स" नाम की एक कंपनी शुरू की, जिसमें उसने "कैसीनो किड्स", "स्पिन द व्हील", "रॉयल बेटिंग" जैसे आकर्षक ऑनलाइन गेम बनाए। इन गेम्स में बच्चे शुरू में मुफ्त में खेल सकते थे, लेकिन धीरे-धीरे उन्हें असली पैसे लगाने पड़ते थे।

बच्चों को लुभाने के लिए, रावण ने सोशल मीडिया इन्फ्लुएंसर्स और मशहूर यूट्यूबर्स को पैसे देकर प्रचार करवाया। जल्दी ही, बहुत सारे बच्चे "रावण गेम्स" से जुड़ गए।

रावण गेम्स

बच्चों की लत बढ़ती गई-

अंबुज, ईशानवी और प्रियांशु के कुछ दोस्त इस गेम के आदी हो गए। वे स्कूल में भी मोबाइल गेम्स खेलते रहते और असली पैसे जीतने के लालच में अपने माता-पिता के फोन से बैंक अकाउंट लिंक कर देते।

कुछ बच्चों ने अपने माता-पिता की गूगल पे और पेटीएम की जानकारी चुराकर हजारों रुपये इन गेम्स में उड़ा दिए। जब माता-पिता को पता चला, तो वे बहुत चिंतित हुए।

योगी को होती है चिंता-

ओजस और कौस्तुभ ने देखा कि उनके दोस्त अब पहले जैसे नहीं रहे। वे कर्ज़ में डूब रहे थे, झूठ बोल रहे थे और चोरी तक करने लगे थे।

योगी ने महसूस किया कि यह कोई सामान्य खेल नहीं, बल्कि एक खतरनाक जाल है। उसने "रावण गेम्स" की सच्चाई पता करने का निश्चय किया।

योगी का साइबर प्लान-

योगी ने साइबर एक्सपर्ट्स की मदद से रावण गेम्स के असली मकसद का पता लगाया। उसने पाया कि इस ऐप को इस तरह से डिजाइन किया गया था कि बच्चे हारते ही रहें और लगातार ज्यादा पैसे लगाने के लिए मजबूर हों।

योगी ने अपने दोस्तों के साथ मिलकर एक योजना बनाई। उन्होंने बच्चों को इस गेम के खतरों के बारे में जागरूक करने के लिए एक बड़ा कैंपेन शुरू किया।

रावण का पलटवार-

रावण को जब पता चला कि योगी उसके खिलाफ अभियान चला रहा है, तो उसने झूठे प्रचार शुरू कर दिए। उसने अपने सोशल मीडिया बॉट्स और नकली इन्फ्लुएंसर्स से यह प्रचार करवाया कि "रावण गेम्स" से लोग करोड़पति बन सकते हैं!

कई बच्चे इस झूठ को सच मानकर और ज्यादा पैसा लगाने लगे।

अंतिम टकराव-

योगी ने एक नई योजना बनाई। उसने सरकार और साइबर पुलिस को इस गेम की रिपोर्ट दी और साथ ही सोशल मीडिया पर लाइव सेशन कर बच्चों और माता-पिता को इसका सच बताया।

लेकिन सबसे बड़ा झटका तब लगा जब योगी ने रावण के ही कुछ पुराने रिकॉर्ड सबके सामने ला दिए—जिसमें दिखाया गया कि ये गेम्स सिर्फ बच्चों से पैसा ठगने के लिए बनाए गए थे और इसमें जीतने की कोई वास्तविक संभावना ही नहीं थी!

जैसे ही सच्चाई सामने आई, सरकार ने "रावण गेम्स" को बैन कर दिया। माता-पिता सतर्क हो गए और बच्चों ने भी यह समझ लिया कि ये गेम्स असली नहीं, बल्कि धोखाधड़ी का हिस्सा थे।

योगी ने बच्चों को बताया कि असली मज़ा किताबें पढ़ने, खेल-कूद में भाग लेने और दोस्तों के साथ अच्छा समय बिताने में है।

संदेशः

"लालच और जुए का कोई अंत नहीं होता। जीतने का असली तरीका है मेहनत और ईमानदारी से अपने भविष्य को बनाना!"

रावण गेम बैन होने के बाद अब रावण क्या करेगा ? जानने के लिए पढ़ें "नन्हा योगी की अगली कहानी!"

8

नन्हा योगी और जंक फूड का जाल

रावण की चाल – "स्वाद का साम्राज्य"

शहर में "रावण डिलाइट्स" नाम से एक नई फास्ट-फूड चेन खुलती है। यहाँ के बर्गर, पिज्जा, और फ्रेंच फ्राइज़ इतने स्वादिष्ट होते हैं कि बच्चे इन्हें छोड़ ही नहीं पाते। हर दुकान के बाहर लंबी कतारें लगी हैं। हर ऑर्डर के साथ मुफ्त खिलौने और गिफ्ट्स मिलते हैं, जिससे बच्चे और आकर्षित होते हैं।

बच्चे इस जाल में फँस जाते हैं। वे अब घर का खाना छोड़कर हर दिन रावण डिलाइट्स से फास्ट फूड ऑर्डर करने लगे हैं। धीरे-धीरे स्कूल के बच्चे इस आदत का शिकार हो जाते हैं।

घर का खाना छोड़कर हर दिन रावण डिलाइट्स से फास्ट फूड खाते बच्चे

बीमारी और अस्पतालों का मायाजाल-

कुछ हफ्तों बाद बच्चे सुस्त रहने लगते हैं। उन्हें पेट दर्द, मोटापा, और आलस्य घेरने लगता है। अचानक शहर में "रावण हेल्थकेयर" नामक एक नया अस्पताल खुलता है, जो बच्चों के लिए "स्पेशल इलाज" का दावा करता है। जो बच्चे पहले रावण के खाने के आदी हो चुके थे, वही अब उसी के अस्पतालों में महंगे इलाज के लिए मजबूर हैं।

नन्हा योगी की खोज-

नन्हा योगी देखता है कि बच्चे कमजोर और बीमार हो रहे हैं। वह ध्यान में जाकर रावण डिलाइट्स के खाने की असली सच्चाई देखता है—इसमें ऐसे रसायन मिले हैं, जो धीरे-धीरे शरीर को कमजोर और दिमाग को सुस्त बना देते हैं।

योगी अपने दोस्तों को समझाने की कोशिश करता है, लेकिन ओजस और कौस्तुभ उसकी बात मानने से इनकार कर देते हैं। वे कहते हैं—
"नन्हा योगी, तुम बहुत ओल्ड-फैशंड हो! यह खाना कितना स्वादिष्ट है, तुम्हें पता ही नहीं!"

रावण की चुनौती-

योगी खुद रावण डिलाइट्स में जाता है और सबके सामने उसकी पोल खोलने की कोशिश करता है। लेकिन रावण हँसता है और कहता है—
"अगर मेरा खाना खराब होता, तो बच्चे इसे इतना पसंद क्यों करते?
रावण सभी बच्चों को एक नया "सुपर बर्गर" फ्री में देने की घोषणा करता है। बच्चे खुशी-खुशी इसे खाते हैं, लेकिन योगी देखता है कि इसके बाद वे और भी ज़्यादा जंक फूड के आदी हो गए हैं।

नन्हा योगी का गुप्त मिशन-

अब योगी को समझ आ जाता है कि सिर्फ सच बताने से कुछ नहीं होगा। उसे कुछ बड़ा करना होगा।

वह आयुर्वेद और योग की ताकत को वापस लाने का फैसला करता है।

वह गुप्त रूप से रावण के फूड फैक्ट्री में प्रवेश करता है और वहाँ के केमिकल्स और हानिकारक पदार्थों के सबूत इकट्ठा करता है।

वह गाँव के किसानों और आयुर्वेदिक डॉक्टरों के साथ मिलकर सुपरफूड बनाने की योजना बनाता है—जो स्वादिष्ट भी हो और सेहतमंद भी।

अंतिम टक्कर-
योगी शहर के सबसे बड़े चौराहे पर एक प्रतियोगिता रखता है—
"अगर रावण का खाना इतना अच्छा है, तो मैं इसे एक चुनौती देता हूँ!"
इस चुनौती में दो ग्रुप बनाए जाते हैं—

1. एक ग्रुप, जो सिर्फ रावण डिलाइट्स का खाना खाएगा।
2. दूसरा ग्रुप, जो योगी के प्राकृतिक आहार को अपनाएगा।

शहर के सबसे बड़े चौराहे पर आयोजित भोज प्रतियोगिता प्रतिभाग करते हुए बच्चे

एक महीने बाद, सबके सामने रिजल्ट आता है—
रावण डिलाइट्स खाने वाले बच्चे और सुस्त, बीमार और कमजोर हो जाते हैं।
नन्हा योगी का खाना खाने वाले बच्चे तंदुरुस्त, तेज़ और एक्टिव होते हैं।

अब बच्चे खुद ही रावण का खाना छोड़ने लगते हैं।

रावण की हार और बच्चों की जीत-

जब रावण देखता है कि उसके ग्राहक जा रहे हैं, तो वह अस्पताल के बिल बढ़ा देता है। लेकिन अब बच्चे बीमार ही नहीं हो रहे थे!

धीरे-धीरे रावण का फास्ट-फूड और अस्पताल साम्राज्य ढह जाता है।

अंत में, नन्हा योगी बच्चों को समझाता है—

"स्वास्थ्य ही असली धन है। स्वाद के जाल में मत फँसो, वरना कोई भी तुम्हें लूट सकता है!"

रावण इतनी आसानी से भला हार मैंने वाला था! आगे उसका नया प्लान क्या होगा? जानने के लिए पढ़ें "नन्हा योगी की अगली कहानी!"

9

रावण की नई साजिश - "इलाज का साम्राज्य"

रावण के अस्पतालों से मुनाफा अब कम हो गया था, वह चाहता था कि शहर के बाकी अस्पताल बंद हो जाएँ, ताकि लोग मजबूरी में सिर्फ "रावण हेल्थकेयर" ही आएँ।

अन्य डॉक्टरों को बदनाम करने की चाल-

रावण अपने अस्पतालों में फेक वीडियो बनवाता है, जिसमें दिखाया जाता है कि बाकी अस्पतालों के डॉक्टर गलत इलाज कर रहे हैं, गलत दवाइयाँ दे रहे हैं।

सोशल मीडिया और न्यूज़ चैनलों में उसकी टीम फर्जी खबरें फैलाती है—

"अब सिर्फ 'रावण हेल्थकेयर' पर भरोसा करें, बाकी अस्पतालों में खतरा!"

धीरे-धीरे लोग अन्य अस्पतालों में जाना बंद कर देते हैं।

डॉक्टरों का विरोध और नन्हा योगी की एंट्री-

शहर के सच्चे डॉक्टर जब देखते हैं कि उनके अस्पताल बंद होने की कगार पर हैं, तो वे एकजुट होकर इसका विरोध करते हैं। लेकिन रावण अपने गुंडों और मीडिया

से उन्हें दबाने की कोशिश करता है।

नन्हा योगी को जब यह पता चलता है, तो वह सभी डॉक्टरों से मिलता है और उन्हें सच्चाई सामने लाने के लिए प्रेरित करता है।

रावण का पर्दाफाश – एक गुप्त मिशन-

योगी, ओजस और कौस्तुभ रावण हेल्थकेयर में छिपकर घुसते हैं और वहाँ की असली सच्चाई रिकॉर्ड कर लेते हैं।

वे देखते हैं कि रावण के अस्पताल में नकली दवाइयाँ दी जा रही हैं, और बीमारियों को जानबूझकर लंबा खींचा जाता है ताकि मरीज लंबे समय तक पैसे खर्च करें।

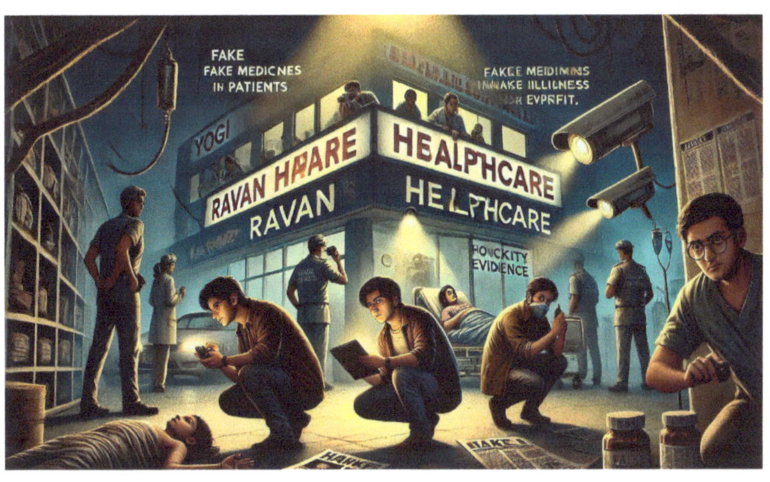

अस्पताल में नकली दवाओं की खुपिया निगरानी करते हुए

योगी और डॉक्टरों की टीम यह सबूत जनता के सामने लाती है।

रावण का अंत-

जब लोग देखते हैं कि रावण ने पहले उन्हें बीमार किया, फिर इलाज के नाम पर लूटा, तो वे गुस्से में आ जाते हैं।

सरकारी एजेंसियाँ रावण के अस्पतालों की जाँच शुरू कर देती हैं।

अन्य डॉक्टर, जिनका नाम खराब हुआ था, अब फिर से सम्मान पाते हैं।

सरकारी एजेंसियाँ रावण के अस्पतालों की जाँच करती हुई

नन्हा योगी की सीख-

अंत में नन्हा योगी बच्चों को समझाता है—
"जो तुम्हें पहले बीमार करे और फिर इलाज के नाम पर लूटे, वह कभी तुम्हारा भला नहीं चाहता।"

रावण का अगला प्लान क्या होगा ? जानने के लिए पढ़ें "नन्हा योगी की अगली कहानी!"

10
ऑक्सीजन संकट

"अगर हमें अपनी धरती बचानी है, तो हमें अपने पेड़-पौधों की रक्षा करनी होगी। प्रकृति का सम्मान करना ही असली जीवन है!"

रावण की विनाशकारी योजना-

रावण को यह एहसास होता है कि उसने बच्चों को डिजिटल एडिक्शन, जंक फूड और बीमारियों में तो फँसा लिया, लेकिन मानवता अभी भी बची हुई है। अब वह एक भयानक योजना बनाता है—धरती से ऑक्सीजन कम करने की योजना!

वह जंगलों को तेजी से कटवाने लगता है और एक विशेष गैस हवा में छोड़ता है, जिससे पौधे ऑक्सीजन बनाना बंद कर दें।

उसकी फैक्ट्री से "ब्लैक स्मोक" नामक धुआँ निकलता है, जो हवा को जहरीला बनाता है।

धीरे-धीरे लोग साँस लेने में कठिनाई महसूस करने लगते हैं, खासकर बच्चे और बुजुर्ग।

उसका असली लक्ष्य है—जब लोग ऑक्सीजन के बिना तड़पने लगेंगे, तब वह अपने "रावण प्लैनेट" का ऐलान करेगा—एक कृत्रिम दुनिया जहाँ सिर्फ वही लोग जिंदा रहेंगे, जो उसके गुलाम बनना चाहेंगे!

वृक्षों की कटान और फ़ैक्ट्रीओं से निकलता "ब्लैक स्मोक"

शहर में तबाही और योगी की खोज-

धीरे-धीरे शहर में ऑक्सीजन की कमी होने लगती है। स्कूलों में बच्चे बेहोश होने लगते हैं। डॉक्टरों के पास ऑक्सीजन सिलेंडर की भारी कमी हो जाती है। लोग डरने लगते हैं।

नन्हा योगी समझ जाता है कि यह कोई सामान्य प्राकृतिक आपदा नहीं, बल्कि रावण की साजिश है। वह ध्यान में जाकर देखता है कि जंगलों के बीच एक गुप्त

प्रयोगशाला बनी है, जहाँ से यह जहरीली गैस निकल रही है।

धीरे-धीरे शहर में ऑक्सीजन की कमी, स्कूलों में बेहोश होते बच्चे, ध्यान करते हुए बाल योगी

दिव्य वृक्ष की खोज-

योगी को अपने गुरु से ज्ञान प्राप्त होता है कि एक दिव्य वृक्ष है, जिसका बीज पूरे वातावरण को शुद्ध कर सकता है।

लेकिन यह बीज एक रहस्यमयी जंगल में छिपा है, जहाँ जाने वाले लोग कभी वापस नहीं आते!

योगी, ओजस और कौस्तुभ उस जंगल की यात्रा पर निकलते हैं। उन्हें रास्ते में रावण के दैत्यों और राक्षसों से लड़ना पड़ता है।

रावण का हमला – अंतिम टक्कर-

जब योगी दिव्य वृक्ष तक पहुँचने ही वाला होता है, तभी रावण खुद प्रकट हो जाता है!

रावण हँसते हुए कहता है—

"हा हा हा! तुम्हें क्या लगा, मैं तुम्हें इतनी आसानी से दुनिया बचाने दूँगा?"

रावण योगी पर हमला करता है, लेकिन योगी अपनी योग शक्ति और उपनिषद के ज्ञान से उसका मुकाबला करता है।

ओजस और कौस्तुभ भी मिलकर रावण के वैज्ञानिकों और सैनिकों से लड़ते हैं।

धरती की रक्षा और रावण की हार-

आखिरकार, योगी दिव्य बीज को धरती में रोप देता है। जैसे ही बीज अंकुरित होता है, एक विशाल ऑक्सीजन लहर पूरे वातावरण में फैल जाती है। जहरीली गैस नष्ट हो जाती है, और लोग फिर से साँस लेने लगते हैं।

योगी दिव्य बीज को धरती में रोपते हुए

रावण की पूरी योजना विफल हो जाती है। अब शहर के लोग उसके खिलाफ खड़े हो जाते हैं। रावण भागने की कोशिश करता है, लेकिन इस बार वह कहीं छिप नहीं सकता।

नन्हा योगी की सीख-

अंत में नन्हा योगी कहता है—
"अगर हमें अपनी धरती बचानी है, तो हमें अपने पेड़-पौधों की रक्षा करनी होगी। प्रकृति का सम्मान करना ही असली जीवन है!"

बच्चे समझ जाते हैं कि ऑक्सीजन का महत्व क्या है और वे प्रकृति को बचाने का संकल्प लेते हैं।

रावण फिर लौटेगा ? जानने के लिए पढ़ें "नन्हा योगी की अगली कहानी!"

11

रावण का नैतिकता पर प्रहार

"जब तक संस्कार और सत्य की शक्ति हमारे पास है, कोई भी रावण हमें हरा नहीं सकता!"

रावण फिर से एक नई साजिश रच रहा था। इस बार उसने न कोई फास्ट फूड चेन खोली, न ही बच्चों को डिजिटल जाल में फँसाने की कोशिश की। इस बार उसका लक्ष्य था—बुद्धि और नैतिकता पर प्रहार। उसने एक विशाल "आधुनिक कॉन्वेंट स्कूल" की श्रृंखला खोलने की योजना बनाई, जहाँ केवल भौतिक शिक्षा दी जाएगी, लेकिन नैतिक शिक्षा पूरी तरह से हटा दी जाएगी। इसका परिणाम अगले 20 से 25 सालों में दिखने लगेगा।

रावण अपने दस सिरों से हँसते हुए बोला,

"जब बच्चों को नैतिकता ही नहीं सिखाई जाएगी, तब वे अपने माता-पिता का अनादर करेंगे, अपने दादा-दादी और नाना-नानी से दूर हो जाएंगे, और परिवार टूट जाएगा। जब परिवार ही टूट जाएगा, तो समाज कमजोर होगा और एक पढ़े लिखे मूर्ख अनैतिक समाज को हराना सबसे आसान होगा!"

रावण ने पूरे शहर में अपने "आधुनिक" स्कूल खोल दिए। इन स्कूलों में विज्ञान, गणित, और तकनीकी विषय तो पढ़ाए जाते थे, लेकिन नैतिक शिक्षा का कोई स्थान नहीं था। बच्चों को संस्कार, दया, करुणा, माता-पिता का सम्मान और सामाजिक जिम्मेदारी जैसी बातों से दूर रखा जाता था। धीरे-धीरे, बच्चों का

व्यवहार बदलने लगा। वे अपने माता-पिता से लड़ने लगे, दादा-दादी और नाना नानी से अलग होने लगे, और केवल भौतिक सुखों की ओर आकर्षित होने लगे।

बच्चों के माता-पिता समझ नहीं पा रहे थे कि आखिर गलती कहाँ हो रही है। घरों में अशांति बढ़ने लगी, परिवार बिखरने लगे और समाज में अराजकता फैलने लगी। यही तो रावण चाहता था!

माता-पिता से लड़ते बच्चे

योगी की परीक्षा-

जब नन्हा योगी को इस खतरे का आभास हुआ, तो वह तुरंत ओजस और कौस्तुभ के साथ इस रहस्य को उजागर करने के लिए निकला। उन्होंने उन स्कूलों का दौरा किया और पाया कि वहाँ बच्चों को केवल भौतिकता और प्रतियोगिता की दौड़ में शामिल किया जा रहा था, लेकिन उन्हें सही और गलत का बोध नहीं कराया जा रहा था।

योगी ने अपनी वेदों और उपनिषदों की शिक्षा से समझा कि यदि नैतिकता को शिक्षा से हटा दिया जाए, तो समाज में अराजकता फैलना तय है। उसे यह लड़ाई जीतनी थी, लेकिन रावण से लड़ने के लिए केवल बल नहीं, बल्कि बुद्धि और सत्य

की आवश्यकता थी।

नैतिक शिक्षा का संकल्प-

नन्हा योगी ने पूरे शहर के बच्चों को एकत्र किया और उन्हें सच्ची शिक्षा का अर्थ समझाया। उसने बताया कि शिक्षा केवल तकनीकी ज्ञान नहीं, बल्कि चरित्र और नैतिकता भी सिखाती है। उसने बच्चों को उनके माता-पिता, दादा-दादी और समाज के महत्व को समझाया।

नैतिक शिक्षा का महत्व बताकर रावण के चंगुल से बच्चों को मुक्त कराता नन्हा योगी

धीरे-धीरे, बच्चों की आँखें खुलने लगीं। वे अपने माता-पिता से माफी माँगने लगे, अपने दादा-दादी के पास वापस जाने लगे, और परिवार का प्रेम फिर से जाग उठा। रावण के स्कूल बंद होने लगे। समाज में बदलाव आने लगा।

रावण की हार-

जब रावण ने देखा कि उसकी योजना असफल हो रही है, तो उसने क्रोधित होकर कहा,

"योगी! तुमने फिर मेरी योजना नष्ट कर दी! लेकिन याद रखना, मैं फिर लौटूंगा!"
योगी मुस्कराया और बोला,
"रावण! जब तक सत्य और नैतिकता जीवित हैं, तब तक तुम चाहे जितनी भी चालें चलो, तुम्हारी हार ही होगी!"
रावण जलते क्रोध में गायब हो गया, और शहर में ज्ञान और नैतिकता की लौ फिर से प्रज्वलित हो गई।

सीख-

यह कहानी हमें यह सिखाती है कि केवल तकनीकी शिक्षा ही नहीं, बल्कि नैतिक शिक्षा भी उतनी ही महत्वपूर्ण है। यदि बच्चे अपने परिवार, समाज और संस्कृति से कट जाएंगे, तो समाज कमजोर हो जाएगा। लेकिन जब तक संस्कार और सत्य की शक्ति हमारे पास है, कोई भी रावण हमें हरा नहीं सकता!